어릴 적 엄마와 함께했던 폴란드를 떠나 이민자로 평생을 살아온 조시아 자이칙, 그녀가 들려준 이야기를 아가타 투신스카가 이 책에 옮겼다. 폴란드어를 오랜만에 쓴 조시아의 말투가 살아 있고 청자에게 말을 건넨 흔적이 남아 있다.

- 인명과 지명 등은 국립국어원 외래어 표기법을 따르되 일부 명칭은 현지 발음을 따랐고, 지명과 특정 고유 명사 등에 원어를 병기하였다.
- 옮긴이 주는 어깨글로 표기하였다.
- 괄호 안의 글은 조시아 자이칙이 인터뷰어인 아가타 투신스카에게 건넨 말이며, 독자를 향하는 말로써 아가타가 남겨 두었다.

아가타 투신스카 글   이보나 흐미엘레프스카 그림   이지원 옮김

엄마는
언제나
돌아와

조시아 자이칙(야엘 로스너)의 이야기

사□계절

이름은 주지아. 내 인형, 내 딸이다.

이야기를 시작하겠다. 아주 오랜 세월… 아무 말도 하지 않은 것은 아니다. 언제나 무슨 말인가를 했었다. 어떤 사람들은 아무런 이야기도 하지 않는다. 나는 뭔가 말을 했다. 하지만 한 번도 처음부터 끝까지 모든 것을 말한 적은 없다. 부분적으로, 그리고 가까운 사람들에게만.

하이파Hajfa와 텔아비브Tel Awiw 사이에 있는 간슈무엘Gan Szmuel 키부츠이스라엘의 사회주의적 생활 공동체에는 폴란드에서 온 사람이 아주 많았다. 누구든 내가 폴란드에서 온 걸 알아차리면, 그들을 바로 멀리했다. 나에게 어디서 왔는지, 어땠는지, 무슨 일이 일어났는지, 부모님은 어디 계신지, 어디 출신인지 묻는 것을 원하지 않았다. 내 과거에 무언가 문제가 있는 것처럼 느껴졌다.

이곳에 왔을 때, 나는 열한 살이었다. 여기서는 아무도 내 말을 들으려 하지 않았다. 엄마가 이렇게 말했어, 폴란드는 이랬어, 옛날에 기차 타고 갔을 때는 이랬는데, 하고 말할 때마다 이모는 "조용히 해, 조용히. 말하지 마, 말하지 마." 하곤 했다. 이모는 친절하고 착한 사람이었고, 치과 의사였고, 훌륭한 분이었지만 아무것도 듣고 싶어 하지 않았다. 내가 무슨 얘기라도 하면 즈워타Zlota 거리나 오트보츠크Otwock 얘기가 아닌데도 이모는 바로, "제발, 조시엔카조시아를 부르는 애칭, 그만해. 이미 지나간 일이잖아, 지나간 일이야. 지금은 달라." 하고 말했다. 이모는 나와 폴란드어로 말하고 싶어 하지 않았다. 나는 이모와 폴란드어로 얘기하고 싶었다. 처음에는 히브리어를 하지 못했다. 길거리에 '예후디, 다베르 이브리트Jehudi, daber iwrit'라고 쓰여 있었는데, 그건 유대인은 히브리어로 말해야 한다는 뜻이라고 했다. 나는 굉장히 빨리 히브리어를 배웠다. 내가 여기 계속 있으려면, 아이들이 나를 좋아하게 하려면, 학교에서 이상하게 보이지 않으려면, 친구들을 사귀고 잘 지내고 싶으면, 명랑하게 행동하고 히브리어를 해야 한다는 걸 이해한 것이다. 교실에서는 폴란드에서와는 또 다르게 연기를 하는 법을 배워야 했다. 어땠는지, 무슨 일이 일어났는지, 아빠가 어디 있는지, 사람들이 엄마를 어떻게 때렸는지, 내가 어디 숨어 있었는지에 대해서는 아무에게도 말할 수 없다는 걸 나는 알았다. 그건 말해서는 안 되는 것이었다.

나에게는 열한 살 동갑내기 친구가 있었다. 그때 나는 아직 히브리어를 하지 못했고 그 아이는 폴란드어를 몰랐다. 그 아이의 엄마는 교양 있는 사람이었지만 내가 어디서 왔는지 듣자마자 엄청나게 겁을 냈다. 그리고 우리가 친구로 지내기를 바라지 않았다. 내가 자기 딸에게 나쁜 영향을 끼칠 것을 두려워했기 때문이다. 전쟁이 막 끝난 폴란드에서 온 여자아이라는 건 좋지 않다는 걸 알았다. 가장 좋은 건 이곳 출신이 되는 것이었다. 여기서 하는 식대로 모든 것을 할 줄 아는, 명랑한 아이가 되어야 했다. 내가 원하는 건 그냥 여기 다른 아이들처럼 장화를 신고 파란 셔츠를 입고 다니는 것뿐이었다. 그래서 이름을 바로 야엘로 바꾸고,

아무에게도 내 폴란드 이름을 말하지 않았다. 키부츠로 갔을 때, 모두 나에게 어디서 왔냐고 묻기에 예루살렘에서 왔다고 말했다. 그리고 예루살렘에서는, 키부츠에서 왔다고 했다. 그렇게 많은 세월이 지났다.

그리고 드디어 폴란드로 가게 되었다.

나는 예루살렘 시내 중심가에서 자수 공방을 하고 있었다. 이스라엘 박물관의 어떤 담당자가 찾아와서는 박물관에 여러 주제의 수업과 강의가 있다고 했다. 내게도 자수 이야기를 하길 권했는데, 내가 자수로 유대 모티브_{자수 공예에 활용되는 유대교 전통 문양}를 만드는 일을 하기 때문이다. 나는 싫다고 했다. 이미 그런 얘기는 많이들 했을 테니까. 그들은 계속 나를 설득했다. "그럼 지금까지 아무도 말하지 않은 걸 말하면 되잖아요." 17세기의 축일에 쓰였던 식탁보 얘기라도 하라는 건가. 그건 싫어, 그런 건 식상하다. 히브리어로 표현하자면 '세탁할 만큼 세탁한 것'이다. 나는 집으로 돌아왔다. "그냥 내버려 둬, 뭐 하러. 머리만 아픈 일이야." 남편이 말했을 때, 그때 바로 어린이 자수에 대해 이야기해야겠다는 생각이 들었다. 어린이 그림은 많은데, 왜 어린이 자수는 없을까. 우리 엄마는 게토_{나치가 유대인을 강제 격리한 거주 지역}에서 내가 세 살일 때 자수를 가르쳐 주었는데. 그리고 나는 자수를 했는데.

나는 뭐라 이름 붙일 수 없는 여러 가지를 했다. 엄마는 어떻게 하는 건지 보여 주지도 않았다. 바늘도 없었다. 나무 숟가락에 구멍을 뚫었다. 종이 상자를 주워서 그걸 여러 조각으로 자른 뒤 구멍을 내고, 밖에서 끈을 구해 왔다. 엄마는 이 모든 것을 우리 지하실로 가져왔다.

나는 게토 끝에 있는 집 지하실에서 자랐다. 버려진 집, 바르샤바^{Warszawa}. 엄마는 숟가락을 들고 말했다. "이게 바늘이야." 난 바늘이 뭔지도 몰랐다. "조시엔카, 내가 수놓는 걸 가르쳐 줄게." 엄마는 항상 엄마 손으로 내 손을 감싸며 말했다. 내 손은 마르고 작았다. "조시엔카, 네 손은 황금손이야." 엄마는 이 구멍에서 저 구멍으로 끈을 넣는 것을 보여 주었다. 난 세 살이었고 그 지하실 바닥에 앉아 끈을 끼우고 묶었다. 열심히 했다. 엄마는 감동해서 눈물을 보였다. 나는 내가 하는 일마다 대단한 거라고 생각했다. 엄마가 나에게 그렇게 뽀뽀를 하고 꼭 껴안는 걸 되풀이하며, "금손이야, 황금손." 하고 말했으니까. 한번은 나에게 길쭉한 고딕체의 독일어로 무언가 쓰여 있는 나무 상자를 주워다 준 적도 있다. "알겠니? 이 상자에는 초콜릿이 담겨 있었어." 나는 초콜릿이 뭔지도 몰랐고, 그게 뭐든 상관도 없었다. "하지만 이제 이 상자에는 진짜 보물이 들어 있지." 엄마가 상자를 열자, 그 안에 작은 털실 뭉치가 가득 보였다. 엄마는 길거리에서 발견한 낡은 스웨터 실을 풀어 이런 털실 뭉치를 만들었다고 했다. 약간 더럽고 닳아 있었지만 엄마가 보물이라고 말한 이상, 나에게는 보물이었다.

내가 이야기하고 싶었던 건, 엄마가 나에게 어떻게 자수를 가르쳐 주었는지다. 사실 엄마가 자수를 가르쳐 준 건 아니었다…. 엄마는 나에게 사랑을, 실, 양모 같은 무언가를 만들어 낼 수 있는 재료에 대한 존경을 가르쳐 주었다. 나는 커서 특수아동을 돌보는 교사 교육을 받았고, 키부츠에서 아이들을 돌보며 일했다. 엄마가 그랬던 것처럼, 나는 아이들에게 자수를 가르쳤다. 깨끗하고 예쁘고 하얀 두꺼운 종이에, 아름다운 색깔의 털실들로.

낯선 이들에게 우리 엄마에 대해 말하는 것은 처음이었다. 말해야만 할 것 같은 기분이 들었다. 시간이 좀 지난 뒤, 어떤 여자가 바르샤바 게토 50주년 기념이라 바르샤바 여행단을 모집한다며 같이 가자고 했다.

나는 거절했다.

나는 폴란드를 사랑했다. 엄마가 폴란드를 사랑했으니까. 하지만 폴란드를 전혀 몰랐고, 거리를 걸어 본 적도 없었다. 나는 자코파네^{Zakopane 겨울 휴양지로 유명한 폴란드 남부의 산악 도시}에 가 본 적도, 바다에 가 본 적도, 폴란드의 어디에도 가 본 적이 없었다. 그냥 그 지하실에서만 살았다.

전쟁이 끝나고는 조금 본 것도 있었다. 폐병 환자를 위한 요양 시설에 일 년 반을 살았다. 바르샤바 거리 이름은 알았고 산악 지방의 노래를 부를 줄도 알았다. 엄마가 가족들과 함께 산악 지방에 갔던 이야기를 해 주고 노래도 불러 주었기 때문이다. 거기서 어땠는지, 무슨 일이 있었는지, 눈, 썰매, 산악 지방 사람들이 무슨 옷을 입는지, 바지는 어땠는지에 대해서. 석탄으로 지하실 바닥에 그림을 그려 알려 주었다. 종이 인형을 만들어서 크라쿠프Kraków 여자들은 무슨 옷을 입는지, 워비치Łowicz의 민속 의상은 어떤지 보여 주었다. 줄무늬 치마는 워비치, 머리에 화관을 쓰는 것은 크라쿠프.

엄마는 항상 나를 웃게 하려고 노력했다. 바로 그 게토에서. 엄마는 일부러 사투리를 썼다. 내가 웃기를 바랐던 것이다. "오페라를 어떻게 하는지 아니? 오페라는 말을 안 하고 노래만 해." 그러고는 낮은 목소리 높은 목소리를 흉내 내었다…. 지금 생각해 보면, 어떻게 그럴 정신이 있었는지 모르겠다.

나에게 폴란드는 전혀 슬픈 것이 아니었다. 무언가 멋진 것이었다. 나에게 바르샤바는 우리 엄마였다. 엄마는 바르샤바를 사랑했다. 엄마의 가족, 외할머니와 이모가 살았던 즈워타 거리를 나는 기억했다. 어디로 다녔는지도. 모두 지하실 바닥에 그려져 있었다. 썰매도. 나는 태어나서 한 번도 썰매를 타 본 적이 없었다. 하지만 엄마는 나에게 "이리 와, 여긴 산이랑 똑같아." 하고 말했다.

내가 살던 방은 지하실. 기다란 방 한쪽에는 목재 더미가, 다른 쪽에는 나무토막이 켜켜이 쌓여 있었다. 가운데에는 약간 공간이 있고 작은 창문도 있었다. 창문은 마치 철창이 녹아서 유리에 붙어 있는 것처럼 보였다. 나는 그 틈을 통해 바깥을 내다보았다. 내가 무엇을 볼 수 있었을까? 사람들의 다리가 보였다. 걸어 다니는 사람들의 다리. 엄마는 나에게 자주 말하곤 했다. "저것 봐, 저 사람은 신발이 없네. 저 사람은 천으로 발을 싸고 있네. 저 아줌마는 높은 구두를 신고 있어. 저기 좀 봐, 내복 입은 아저씨 온다." 엄마가 없고 혼자 있을 때 나는 바깥을 내다보면서 말했다. "저 아저씨는 내복을 입었고, 저 아줌마는 신발을 신었고, 저 남자애는 맨발로 다니네." 늘 볼거리가 있었다. 나는 슬프다고 생각하지 않았다. 불행하지도 않았다. 다른 삶이 있다는 것은 전혀 몰랐다. 그냥 그런 줄 알았다. 한 번도 지하실 밖으로 나가고 싶어 하지 않았다. 나갈 수 있다는 걸 몰랐으니까.

할아버지는 아주 독실한 유대인이었다. 긴 수염에 곱슬머리가 나 있었다. 나는 할아버지를 기억한다. 카포타Kapota 유대인 전통 복장 중 하나인 검정 외투를 입고 조끼 안에는 끈으로 묶는 셔츠를 입었다. 그때만 해도 그게 뭔지 몰랐다. 여기, 이스라엘에 와서야 그런 유대인들이 있다는 걸 알게 되었다.

할아버지는 항상 손을 배 위에 얹고 계셨다. 엄마가 할아버지에게 빵을 드리면, 할아버지는 나에게 양보하며, "애가 안 먹으면 어떻게 크나?" 하고 말했다. 게토가 만들어지고, 할아버지는 게토로 들어가고 싶어 했지만 엄마는 원하지 않았다. 다른 자식들도 원하지 않았다.

할아버지의 아들 중 다비드와 살렉 삼촌은 아직 어린애였지만, 다른 자식들은 이미 어른이었다. 사비나 이모는 아이가 둘 있었다. 안지아 이모는 전쟁 전에 팔레스타인으로 갔다. 엄마는 여자 형제 중 가장 어렸다. 엄마 이름은 나스트카, 정식 이름으로는 나탈리아. 히브리어로는 네하마였고 시멕 자이칙과 결혼했다. 의사인 유젝 삼촌도 있었는데 아기 예수 병원에서 일했다. 폴란드 사람이랑 결혼한 브론카 약사 이모도 있었다. 루블린Lublin에 살았다. 대가족이었다. 모두를 다 기억하지는 못한다. 하지만 식구들이 푸른 눈에 금발이었던 것은 알고 있다. '좋은 외모'였던 것이다. (그렇게 부르지 않았나요?) 지금 내 딸처럼.

엄마는 게토에 들어갈 필요가 없다고 했지만 할아버지는 꼭 가야 한다고 했다. 모든 유대인이 함께 뭉쳐야 하고 서로 도와야 하기 때문이라고, 그렇게 견뎌 내는 거라고. 항상 그렇게 말씀하셨다. 그리고 신은 자식들에게 나쁜 일이 생기도록 내버려 두지 않으신다고 되풀이하셨다. 그러면 엄마는, "그 신 좀 가만히 놔두세요, 신이 우리 한 명 한 명을 다 보고 있을 거라 생각하세요? 운명은 눈이 멀었다고요." 그 말을 들은 할아버지는 크게 화를 냈다.

결국 어쩔 수 없었다. 할아버지는 고집을 꺾지 않았고 모두 게토에 들어가야만 했다. 유젝 삼촌만 반대했다. 유젝 삼촌은 아리아인 구역나치가 주장한, 금발에 푸른 눈을 가진 순수 혈통 사람들이 사는 곳에 남았다. 우리에게 와서 이제부터 자기 이름은 유제프 모슈친스키라고, 유젝 호흐싱거가 아니라고 말했다… 모두들 웃으면서 말했다. "아니, 바르샤바에서 이렇게 유명한 의사를 몰라볼 거 같아? 절대 안 될걸." 다들 배꼽이 빠져라 웃었지만, 유젝 삼촌은 전쟁에서 살아남았다.

처음 게토에서 우리는 모두 함께 살았다. 그러다 다른 집으로, 매우 좁은 곳으로 이사를 했다. 모두 뭉쳐서 바로 옆에 꼭 붙어 잤던 것이 기억난다. 히브리어 동요 중 '열 명의 작은 흑인 아이'라는 노래가 있는데, 아이들이 어떻게 하나씩 없어지는지 들려준다. 우리 가족도 그렇게 되었다.

엄마는 모두를 위해 음식을 가지고 왔다. 시골 여자처럼 옷을 입고 게토에서 나가 시 외곽으로 갔다. 그쪽 도로에 돌을 놓아두고 길옆 덤불에 숨었다. 마차나 자동차가 돌 위를 넘어가면 매번 뭐라도 떨어지게 마련이었다. 당근, 감자, 양배추. 차가 지나가고 나면 엄마는 그런 것들을 주워서 집에 가지고 왔다. 유젝 삼촌도 우리를 도왔다. 약속한 장소의 벽에서 벽돌을 빼고 그 안에 돈이나 갖다 팔 수 있는 커피를 어디에 숨겨 두었는지 쓴 종이를 넣어 놓았다. 그 지시 사항은 형제들이 어릴 적 어른들이 알아보지 못하도록 고안했던 암호 놀이에 사용한 암호로 쓰여 있었다.

엄마는 언제나 물건과 음식과 옷을 가지고 왔다.

외삼촌들도 도우려고 했지만 한 외삼촌이 '나쁜 외모'를 가지고 있어서 엄마가 못 하게 했다.

수단이 좋지 않은 한 외삼촌은 좋은 외모여서 어떻게 해 볼 수도 있었다. 좀 더 머리가 좋은 다른 외삼촌은 나쁜 외모여서 밖에 나갈 수가 없었다. 엄마는 항상 그렇게 말했다. 그래서

인지 어쨌든 언제나 엄마만 밖에 나갔다.

어느 날 우리 집 앞에 '부다buda'라고 부르던 커다란 독일 군용 트럭이 왔다. 독일인들이 유대인들에게 빵을 나눠 주겠다고 소리쳤다. 할아버지는 내려가고 싶어 했다. 엄마는 안 된다고 했다. "머리에 총 맞을 일 있어요?" 할아버지는 아니라며 나가고 싶어 했다. "하셈, 신은 자기 자식들을 챙기신다." "아무도 아버지를 챙기지 않아요. 내가 챙기죠. 여기 집에 있어요. 내가 가져다줄게요."

전에 엄마가 게토에 안 들어가겠다고 했을 때, 엄마는 할아버지에게 곱슬머리를 자르고 유대인 모자를 벗고 다른 옷을 입고 아무도 우릴 모르는 곳으로 가자고 했다. "봐요, 아버지. 아버지는 좋은 외모예요. 정말 좋은 외모예요. 누가 아버지를 유대인이라 생각하겠어요. 수염을 깎으세요." "어떻게 유대인이 수염을 깎는단 말이냐. 도대체 무슨 말이냐? 어떻게 유대인이 카포타를 벗을 수 있단 말이냐. 도대체 무슨 소리냐. 그럴 일은 없다." 할아버지는 자기 딸이 유대인 모자를 벗고 곱슬머리를 자를 생각을 한 것에 대해 어떻게 그럴 수 있냐고 화를 냈다. 엄마는 계속해서, 신은 유대인 모자나 곱슬머리를 보고 계시는 게 아니다. 위험에 빠지면 교리를 꼭 지킬 필요는 없다고 쓰여 있다고 말했지만 아무 소용이 없었다. 할아버지는 저항했다. 울고 소리를 질렀다. 화가 머리끝까지 나 있었다. 열쇠를 빼앗아 대문을 열고 나갔다. 엄마 손에는 검은 카포타만 남아 있었다. 할아버지는 다시는 돌아오지 않았다.

결국은 살렉과 다비드 삼촌만 남았다. 그리고 아빠의 엄마인 파니아 할머니. 아빠는 우리와 함께 있지 않았다. 전쟁이 시작될 때 체포되었다. 아빠는 미술사학자였다. 나는 아빠를 전혀 몰랐다. 독일인들이 아빠를 끌고 갔다는 것만 알았다. 아빠라는 것이 뭔지 잘 몰랐다. 엄마가 할아버지에게 '아빠'라고 하는 것을, 사비나 이모의 아이들이 이모부에게 '아빠' 하는 것을 들었지만 나는 뭐가 뭔지 몰랐다. 남자는 다 아빠인가? 우리 아빠는 숲과 가죽 공장을 소유한 부잣집에서 자랐고, 아빠의 엄마는 우아한, 깃털 같은 게 달린 옷이나 희한한 물건도 가지고 있었다. 할머니는 티푸스로 죽었다. 죽기 전에 버터 바른 빵을 먹고 싶어 했다. 버터는 구할 수가 없었다. 엄마는 파니아 할머니가 자기 장례식이 어떨지 알았더라면 아마 더 일찍 죽고 싶어 했을 거라고 말했다. 이 모든 것이 시작되기 전에. 할머니의 시체는 다른 시체 여섯 구와 함께 손수레에 던져졌다.

엄마는 일단 할머니를 하얀 침대보로 감싸고 나에게 가까이 가지 말라고 했다. 할머니를 제대로 묻어 줘야 한다고, 할머니를 거리에 버리고 신문으로 덮어 놓을 수는 없다고 했다. 엄마가 말한 것을 기억한다. "조시아, 할머니한테 가지 마. 할머니는 이미 없으니까. 할머니는 없어. 옆에 가지 마." 엄마는 할머니를 랍비의 기도와 함께 묻고 싶어 했다. 엄마는 보수적인 유대교 전통 교육을 받고 자랐지만 독실한 신자는 아니었고 진보적인 성향이었다.

남은 사람은 넷이었다. 한번은 엄마가 커피 깡통 두 개를 가져왔다. 엄마는 커피를 팔 수 없었다고, 독일인들의 사람 사냥에 걸렸다고 했다. 독일인들은 마치 아이들 놀이처럼 손을 맞잡아 동그랗게 원을 만들고, 가운데 있는 사람들을 차에 실어 갔다. 엄마는 옛날에 어린아이들을 가르치는 선생님이었다. 갑자기 그 놀이가 생각나 엄마는 독일인의 손을 끊었다. 독일인들은 너무나 놀라 아무 말도 하지 않았다고 했다. 엄마가 그렇게 충격받은 모습은 처음이었다.

엄마는 보통 웃는 얼굴로 여러 가지를 가지고 왔다. 엄마의 귀환은 축제와 같았다. 항상 무언가를 이 주머니에서 하나, 저 주머니에서 하나 꺼냈는데 그건 사과 한 개일 때도 있고 당근 한 개, 양파 한 개일 때도 있었다. 한번은 나뭇가지를 가져와서 외삼촌들에게 새총을 만들어도 된다고 했다. 한번은 인형 머리를, 종이 죽으로 만든 머리만 있는 인형을 가지고 왔다. 나는 독일인들이 몸통을 가져갔냐고, 팔다리는 어디 있냐고 물었다. 엄마는 "없어, 하지만 생길 거야. 내가 만들어 주지." 하고 말했다. 난 엄마가 뭐든지 만들 수 있다는 것을 알았다.

나는 내가 크면 금발에 푸른 눈이 될 거고 독일인들이 날 잡아가지 않을 거라 생각했다. 나도 게토를 나갔다 들어왔다 할 줄 알게 될 거라고, 그리고 아무도 날 잡아가지 않고. 내가 크면, 난 엄마같이 될 거라 생각했다. 엄마가 "아유, 많이 컸네, 조시엔카." 하면 나는 "엄마, 나도 이제 좋은 외모가 됐어요?" 하고 물었다. 나는 내가 크면 좋은 외모가 될 거라 생각했다.

엄마는 이번엔 먹을 것을 아무것도 가져오지 않았다. 살렉과 다비드는 자기들이 그 커피를 팔아 보겠다고 우겼다. 엄마는 허락하지 않았지만 둘은 지지 않았다. 둘은 밖에 나갔다가 다시는 돌아오지 않았다. 엄마는 헛되이 그들을 찾아다녔다. 우리 둘만 남게 되자 엄마가 말했다. "절대 널 여기 혼자 둘 순 없어. 조시아, 우린 이사를 가야 해." 유젝 삼촌처럼 아리아인 구역으로 이사 간다고 생각했는데 엄마는 이렇게 말했다. "아니, 우린 게토에 남을 거야. 하지만 난 널 숨겨 놓을 거야. 아무도 널 찾지 못하게." 나는 기뻤다. 나는 아주 기뻤다. 엄마가 날 숨겨 놓으면 아무도 나를 찾지 못할 게 분명하니까.

엄마는 나를 안고 거리를 걸었다. 내 머리는 옷으로 가렸다. 난 아무것도 보지 못했다. 그러고는 계단을 통해 아래로, 지하실로 내려갔다. 엄마가 말했다. "여기 봐, 우리 집이 진짜 좋지. 여긴 정말 자코파네랑 똑같아. 봐, 여기 산도 있어."

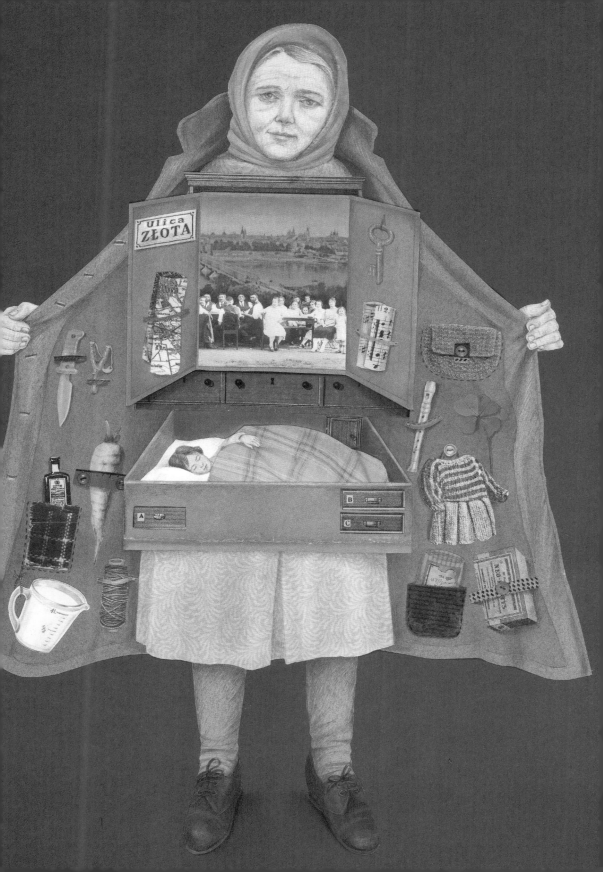

엄마는 원피스 자락을 살짝 쳐들고 이렇게 말했다. "아가씨는 제일 꼭대기 층에, 산사람들처럼 살게 될 거예요. 여긴 태양이 빛나요, 일광욕을 할 수도 있죠." 정말, 잠시 동안 무슨 불빛 같은 것이 번쩍했다. "내가 계단을 만들어 줄게." 엄마가 말했다. "거기로 내려갈 수 있도록." 목재 더미 뒤로 엄마는 입구를 만들었다. 그리고 나무토막 하나를 가로지르게 놓고 말했다. "이 선 밖으로 나오면 안 돼, 거리에서 누가 널 볼 수도 있으니까. 지금은 아무도 여기 여자아이가 사는 걸 모르지. 난쟁이 요정처럼 사는 거야." 엄마는 그렇게 말했다.

가끔은 엄마도 밤에 나와 함께 있었지만, 한두 시간뿐이었다. 엄마는 보통 나를 숨겨 놓고 밖에 나갔다. 엄마는 아이들을 아리아인 구역으로 빼내고 있었다. 그 아이들은 다음에 수도원으로 가거나 남의 집에 보내어졌다. 엄마는 자기가 피리 부는 사나이랑 똑같다고, 그 동화에서처럼 아이들을 도시 밖으로 인도하고 모두가 자기 뒤를 따라온다고 했다. 난 아이들이 어떻게 우리 엄마를 따라가는지 상상할 수 있었다. 엄마 아빠를 찾지도 울지도 않고. 우리 엄마는 언제나 이야기를 들려주거나 재미있게 놀아 주고 아이들을 안전하게 인도했을 것이다. 그 아이들을 어디로 데려갔는지는 모른다. 무슨 조직에 있었던 것 같다. 나중에 폴란드에서 누군가가 어쩌면 그것이 제고타 Żegota 제2차 세계 대전 때 유대인을 도왔던 폴란드의 망명 정부 단체였을 거라고 알려 주었다.

엄마가 겁을 내는 것을 본 적은 없다. 나는 엄마가 없어져 버릴까 봐 걱정했다. 엄마는 언제나 내가 할 일이 있도록 여러 가지를 남겨 두었다. 글을 읽는 것도 가르쳐 주었다. 엄마가 바닥에 글씨를 써 놓고 가면, 나는 걸어 다니면서 읽었다. 엄마는 계산도 가르쳐 주었다. 내가 수 세기를 연습할 수 있게 마로니에 열매도 주워다 주었다. "한 개 세고 나서는 이걸 하고, 두 개를 세면 이렇게 해." 엄마는 더하기와 빼기도 가르쳐 주었다.

쓰기와 읽기. 나는 그 마룻바닥을 걸어 다니며 엄마가 써 준 것을 모두 읽었다.

가끔은 동시도 있었다. '아이들이 차를 타고 가네. 언니 오빠 모두가. 아, 세상은 아름답구나.' 아니면 '옛날 아주 옛날에 코끼리가 있었는데, 코끼리만큼 아주 큰 코끼리가….' 나는 책을 한 번도 본 적이 없었다. 길도 본 적이 없었다. 아무것도 보지 못했다. 엄마는 나뭇가지 여러 개를 지하실로 가져와 말했다. "이것 봐. 버들강아지야." 나중에 내가 폴란드에 갔을 때, 나는 버들강아지를 가져왔다. 버들강아지, 마로니에 열매 그리고 솔방울이 달린 나뭇가지를 폴란드의 숲에서 가져왔다.

(나는 더 이상 말하고 싶지 않을 줄 알았어요. 이미 거절도 한 것이니. 하지만 더 이야기하고 싶어요. 이야기해야만 합니다.)

엄마는 세상이 어떻게 생겼는지 나에게 설명해 주고 싶어 했다. 한번은 나에게 가을 나뭇잎을 가져와서, "이것 좀 봐, 조시엔카. 빨갛고 노랗지? 왜 그런지 아니? 밖은 아주 추워. 나뭇잎들은 이런 색깔이 되고 그다음엔 바람이 오지." 나는 물었다. "바람이 어디에서 오는데요?" 나는 바람이 사람인 줄 알았다. 그러자 엄마는 가볍게 훅 하고 숨을 불더니 바람은 이렇게 한다고 말했다. "바람은 불어오고 나무에서 나뭇잎을 떨어뜨려. 거리가 나뭇잎으로 가득 차지."(나는 평생 낙엽을 모았어요.) 그리고 엄마는 비가 오는 건 어떤지 얘기해 주었다. "비가 오는 건, 물을 가득 품은 구름에서 갑자기 물방울이 떨어지는 거야. 그럼 거리의 사람들은 젖고…." 엄마는 물로 내 손을 적셨다.

그 지하실에서 나는 상상했다. 세상은 이렇구나. 사람들은 이렇게 비에 젖는구나. 가끔은 유리창 너머로 비가 오는 것을 구경하기도 했다.

나는 그 지하실에 아주 오래 있었다. 얼마나 시간이 지났는지 모른다. 그냥 아주 오래라는 것을 알 뿐이었다. 얼마나 오래 있었는지는 나중에야 알게 되었다. 엄마가 기록을 남겨 놓았던 것이다.

엄마는 내가 즐겁게 지내기를, 내가 놀이를 하고 놀기를 바랐다. 나에겐 인형 머리가 있었다. 머리만. 하지만 엄마가 어느 날인가 꽃무늬가 있는 하늘색 천을 가져와 이렇게 말했다. "자, 너의 주지아에게 손과 원피스를 만들어 주자." 다리는 없었지만, 천 안에 손을 넣어 놀이를 할 수 있었다. 내가 주지아의 엄마였다. 아이가 아니라 엄마가 될 수 있어서 정말 좋았다. 항상 생각한 것이지만 아이인 것은 전혀 좋지 않았다. 춥고 덮을 것도 없었다. 하지만 엄마는 언제나 어디에 담요가 있는지, 어디에 천 조각이 있는지, 그리고 어디서 감자나 당근을 구할지도 알고 있었다. 당근은 정말 굉장하다. 엄마가 되는 게 제일이다. 모두들 아이들을 잡아가려고 하고, 총으로 쏘려고 하고, 부모에게서 빼앗아 가려고 한다. 난 더 이상 아이가 되고 싶지 않다. 제발 다 컸으면 좋겠다. 어른이 되고 싶다. 내가 엄마가 되면, 난 좋은 외모를 가지게 되고 내 고생도 끝나겠지.

항상 그렇게 생각했다.

한번은 엄마가 지하실에 사각 양철 상자를 가져왔다. 그러고는 "조시엔카, 이 상자 안에 수하르키가 있어." 나는 수하르키가 뭔지 몰랐다. "하지만 이 수하르키는 비상식량이야. 절대로 건드려서는 안 돼. 비상식량으로 남겨 둬야 해." 그리고 상자를 맨 꼭대기, 아주 높은 곳에 올려두었다. 제일 꼭대기 선반에. 어디인지는 보여 주었지만 나는 손이 닿지 않았다. 비상식량인 수하르키. 나는 비상이 뭔지 정확히는 몰랐지만 그러려니 했다.

그러다 엄마는 오랫동안 돌아오지 않았다. 보통 엄마는 여러 가지를 준비해 두고 이렇게 말했다. "어두워지면 이걸 먹어. 그리고 또 밝아지면 저걸 먹고. 그리고 나선 이거, 또 저거." 가끔은 엄마가 시키는 대로 그렇게 먹었지만 가끔은 그러지 않았다. 모든 걸 한꺼번에 먹어 버리고 나중엔 배가 고팠다. 그러면 벽을 파먹어야 했다. 나는 벽에 커다란 구멍을 냈다. 엄마는 구멍을 보고 말했다. "아이쿠, 조시아. 이러다 길까지 터널을 뚫겠네. 아예 저쪽에서 시작하지. 이빨 좀 보여 줘 봐." 엄마는 이렇게 말했다. "이것 봐, 이빨이 갈려서 날카로워졌네. 이제 다른 벽도 뚫어 봐." 엄마는 '맙소사, 이게 무슨 꼴이니!'라고 말하거나 혼내지 않았다.

그 상자는 꼭대기에 있었다. 엄마는 없었고, 나는 이미 벽을 좀 파먹은 상태였다, 한쪽 벽 그리고 다른 쪽 벽. 나무토막도 먹어 보려다 실패했다. 이제는 어떻게 해야 할지 몰랐다. 나는 아마도 지금이 비상일 거라고 생각했다. 상자를 꺼내 수하르키를 먹어야지. 나는 수하르키가 어떻게 생겼는지, 수하르키가 당근 같은 것인지, 양배추 같은 것인지, 감자 같은 것인지도 몰랐다. 도대체 뭔지도 몰랐던 것이다. 꼭대기에 손을 뻗으려고 했는데 당연히 넘어졌고 나무토막이 내 위로 무너져 내렸다. 부딪친 자리가 꽤 아팠다. 상자도 툭! 아래로 떨어졌다. 상자 뚜껑이 저절로 열렸고 그 안에서 하얀 벌레들이, 지렁이 같은 것들이 나왔다. 나는 "어머, 수하르키가 이런 거였네. 호, 수하르키다…." 하고 말했다. 수하르키들이 도망갈까 봐 빨리빨리 집어먹었다. 도망만 못 가도록. 수하르키들은 당연히 나무토막 아래와 마룻바닥으로 흩어졌고 나는 뛰어다니면서 얼른 잡으려고 애썼다. 배가 고팠다. 나는 수하르키를 잔뜩 먹었다.

엄마가 돌아와 빈 상자가 바닥에 놓여 있는 것을 보았다. "조시아, 수하르키^{Sucharki 과자처럼 가공한 바삭한 빵를}를 다 먹었네." 나는 "배가 진짜 고팠어." 하고 말했다. 엄마는, "잘했어, 하지만 조금만 남겨 두지." "엄마, 내가 다 먹은 게 아냐. 도망간 것도 있었어. 여기 봐, 여기 아직도 기어 다녀."

엄마는 나에게 여러 가지 이야기를 해 주었다. 시골, 산사람들, 황새에 대해서. 시골집이 어떻게 생겼는지 그려 주기도 했고 황새가 지붕에 둥지 튼 모습도 그려 주었다. 꽃이 어떻게 자라는지, 들판이 어떤지도 말해 주었다. 종이가 없어서 그림은 다 바닥에 그렸다. 그리고 닦아 내고 또 그렸다. 가끔은 썰매를 그려 주었다. 개가 끄는 눈썰매. 그러고는 시골 억양으로 나에게 말했다. "자, 아가씨. 썰매를 타고 달리세요." 내가 그림 위에 앉으면 엄마는 "꼭 붙들지 않으면 떨어집니다." 하고 말했다. 그럼 나는 "꽉 잡았어요." 그럼 엄마가 "뭐가 꼭 잡았다는 거여." 하며 나를 밀치면 나는 옆으로 나동그라졌다. "아가씨, 꼭 잡으시라고 했잖아요." 그렇게 시골 사람들이 말하는 것처럼 (그렇죠? 시골에서 이렇게들 말하죠?) 엄마가 그렇게 말하면 정말 웃었다.

엄마는 엄마 어렸을 때 이야기를 해 주었다. 큰오빠 유젝이 동생들을 무섭게 한 이야기. 단추를 흩어 놓고는 동생들에게 침대 아래로 들어가 주우라고 시키고, 침대 밑에 악마가 기다리고 있다고 말했다고 한다. 할머니가 손주들에게 초콜릿을 한 조각씩 주면, 유젝 오빠가 자기 걸 끝까지 가지고 있다가 단추를 가장 많이 주운 동생에게 줬다는 이야기. 그런 이야기를 했다. 나는 웃었다. 대가족이 빨래하는 날은 어떤지도 얘기했다. 침대보와 속옷을 어떻게 삶았는지도. 다비드 삼촌이 어렸을 때 자기 팬티도 깨끗하게 삶고 싶어서 냄비에 넣은 이야기. 나중에 밥을 먹다가 할머니가 수프 접시에서 고기를 꺼내려고 숟가락을 넣었는데, 거기서 손자의 팬티를 발견한 이야기. 엄마의 이야기는 끝이 없었다.

나는 왜 엄마가 밖에 나갈 때면 나한테 가도 되냐고 허락을 구하는지 알 수 없었다. "난 나가야만 해, 알았지? 조시엔카, 내 사랑하는 딸. 내 작은 태양. 내가 나가도 되지? 엄마가 지금 나가지만 꼭 돌아올 거야, 엄마는 항상 너에게 돌아와." 그러면 나는 울면서 말했다. "네, 네, 엄마. 가도 돼. 좋아, 가." 그런 다음 나는 주지아에게 말했다. "넌 바보야. 왜 소리를 질러. 왜 울어. 너무 크게 울면 안 된단 말이야. 독일인들이 들으면 좋겠어? 여기 여자아이가 살고 있다는 건 아무도 알아서는 안 돼. 조용히 해! 봐, 여기 우린 자코파네에 와 있어." 그렇게 계속 말하며 나는 주지아를 달랬다.

지하실에는 시궁쥐들도 있었다. 나는 시궁쥐들을 무서워하지 않았다. 징그럽다고 생각하지도 않았다. 그냥, 여기 나랑 같이 사는 동물들이라고 생각했다. 큰 쥐, 작은 쥐, 중간 쥐. 쥐들은 두 발로 서서 고개를 갸우뚱하고 동그란 눈으로 나를 바라보곤 했다. 나에게 나쁜 짓은 절대로 하지 않고 쳐다보기만 했다. 우린 잘 지냈다. 그때까진. 한번은 어떤 남자애가 내 창문 앞에 앉은 것을 보았다. 엉덩이를 창문에 완전히 붙이고 몸을 기대고는 드러누웠다. 난 걔가 자고 있다고 생각했다. 그런데 갑자기 시궁쥐가 그 애의 다리를 무는 것이었다. 윽, 그때부터 나는 겁이 나기 시작했다. 그리고 엄마에게 말했다. "엄마, 내가 봤는데, 어떤 애가 여기서 자는데 시궁쥐가 와서 다리를 물었어. 자고 있을 때 시궁쥐가 나한테 오면 어떻게 해?" 그랬더니 엄마는, "여긴 시궁쥐가 없어." "아니, 있어. 있어." 그리고 나는 시궁쥐들이 어떻게 앉아 있는지 말했다.

엄마는 깜짝 놀랐지만 이렇게 말했다. "걱정하지 마, 너한테는 안 올 거야. 내가 시궁쥐를 물리치는 무기를 주지." 그리고 나에게 막대기를 주었다. 이 막대기는 '장대'라고 하는데 시궁쥐에게는 아주 위험하다고 했다. "너한테 시궁쥐가 달려들면 이걸로 머리를 딱 때려." 그렇게 말했다. "머리를 딱." 그럼 왜 남자애는 머리를 딱 때리지 않았냐고 물어보았다. "장대가 없었나?" 엄마는 그 아이가 죽었다고 말하지 않았다. 대신 남자애가 어디 있냐고 물었다. 나는 어떤 남자가 그 애를 끌고 가는 걸 봤다고 대답했다. 엄마는 아무 말도 하지 않았다. 나중에 커서 나는 그 애가 죽었다는 것을 깨달았다. 그때부터 내가 잠들면 시궁쥐가 물까 봐 겁을 냈다. 잠드는 것이 무서웠다. 잤다가 깼다가 장대를 들고 일어나 앉았다가… 지금까지, 잠은 잘 자지 못한다.

또 엄마가 오랫동안 돌아오지 않았다. 무슨 일이 일어난 건지, 엄마가 어디 있는지 알 수 없었다. 주지아에게는 걱정하지 말라고, 엄마는 언제나 돌아온다고 말했다. "겁내지 마." 나는 말했다. "엄마는 언제나 돌아와. 엄마는 딸에게 언제나 돌아와. 절대로 자기 딸을 혼자 두지 않아. 엄마는 돌아와, 돌아온다고." 그렇게 주지아를 달래고 또 달랬다. 갑자기 누군가 안으로 들어오려고 하는 소리가 들렸다.

엄마가 아니라는 걸 알아차렸다. 보통은 엄마가 내 앞에 와서 서 있을 때까지 엄마 발소리를 듣지도 못했다. 이번엔 달랐다. 누군가 문을 마구 더듬었다, 문고리를 찾는 것 같았다. 어떤 아저씨가 들어왔다. 그 아저씨란 사람은 아마 한 열일곱 살쯤 되었던 것 같은데, 그래도 그때 나에겐 아저씨였다. "조시아, 조시아." 나는 겁이 났다. 내 이름을 저 아저씨가 어떻게 알았을까, 분명 독일인들이 보냈을 거야. 마음을 놓는 대신 나는 공포에 질렸다. 더 깊숙이 안으로 들어가 아무 소리도 내지 않고 앉아 주지아를 꼭 껴안았다. 남자는 들어와 주위를 살펴보고는 나가려 했다.

이 상황이 너무나 무서웠던 나는… 오줌을 싸고 말았다. 그래서 움직일 수밖에 없었는데, 무언가 떨어졌다. 그때 문 앞에서 그가 멈췄다. 나무토막이 쌓인 꼭대기에서 나를 보고 크게 화를 냈다. "왜 숨어 있는 거야. 난 너 때문에 목숨을 걸고 왔는데, 넌 뭐야! 여기 빨리 들어가, 이 자루 속에." "난 아저씨랑 안 갈 거예요." "이 자루 속에 들어가, 빨리." "싫어요!" 나는 방어하려고 장대를 꺼냈다. 그러자 그가 말했다. "지금 나한테 막대기를 들이대는 거야? 이런 못된 것!" 아저씨를 물거나 발로 차고 싶었다. 날 때리면 소리를 지르겠다고 협박했다. 그랬더니 그가 말했다. "너희 엄마가 날 보낸 거야." 나는 믿지 않았다. 엄마가 직접 나한테 오는 건데, 엄마가 항상 오는데. "엄마는 독일인들한테 잡혀서 지금 올 수가 없어." 아저씨가 말했다. 그리고 엄마가 부상당했다고도 했다. "그러니 따라와."

나는 오랫동안 고집을 부리며 버텼다.

VIII.42.
III.42
XII.41
IV.41

"여기 석탄이 있어. 이 자루 바닥에 판이 대어져 있고 그 위에 석탄이 있는 거야." 그런 다음 나에게 자루 안에 숨어 있으라고 했다. 그럼 절대로 날 찾을 수 없을 거라고. 누가 자루를 열라고 시키더라도 석탄만 보일 거라고 했다. "석탄이 뭘 하는지 알아?" 아저씨가 물었다. "알아요." 내가 대답했다. "석탄은 그림 그리는 거예요." "그림이라고?" "네, 석탄으로 글씨를 쓰고 그림을 그려요." "아니, 석탄은 가만히 놓여 있는 거야. 석탄은 아무 말도 안 해. 너희 엄마가 그렇게 말했어. 기억하라고, 석탄은 가만히 있는 거라고. 석탄은 말도 안 하고, 울지도 않고, 소리도 지르지 않아. 그냥 가만히 있지, 돌처럼. 가만히 드러누워 있어." 아저씨는 시범을 보였다. 나는 석탄이 뭘 하는지 그제야 이해했다. "이렇게 할 수 있겠어?" 물론이었다. "내가 자루를 열게 되어도 넌 석탄이야. 아무 말도 하면 안 되고, 아무 소리도 내면 안 되고, 노래도 안 돼. 너희 엄마가 네가 노래하는 걸 좋아한다고 했어. 노래도 안 돼. 석탄은 절대 노래를 안 하니까." "네, 네. 이제 알겠어요."

　　아저씨는 나를 어깨에 들쳐 메고 한 걸음 한 걸음 걸어갔다. 우리는 게토를 나왔다. 그러고도 한참을 걸었다. 갑자기 나는, 나의 주지아를 지하실에 남겨 놓고 왔다는 걸 깨달았다. 난 소리치기 시작했다. "아저씨, 아저씨, 우리 주지아가, 우리 주지아, 아저씨!" 난 목청껏 소리쳤다.

아저씨는 웬 어두운 차양 아래로 들어가더니 자루를 기울이고는 말했다. "왜 소리를 지르는 거야, 넌 석탄이잖아." "네, 네, 하지만 우리 주지아가 지하실에 남아 있어요." "주지아가 누군데?" "내 딸이요." "딸이라고, 그게 무슨 말이야?" "내 인형, 주지아가 지하실에 남아 있어요." 그랬더니 아저씨가 말했다. "말도 안 되는 소리. 자루에 가만히 앉아 있어, 넌 석탄이야." 내가 판자를 하도 세게 걷어차 석탄이 밖으로 떨어졌다. 나는 자루에서 튀어나와 아저씨 앞에 서서 양손을 허리에 대고 말했다. 나는 빼빼 마르고 작았다. "아저씨도 사람이에요?" 가끔 엄마가 하던 말이었다. "아저씨도 사람이에요? 아저씨는 나치 친위대보다도 더 나빠요. 어떻게 엄마가 자기 딸을 지하실에 영원히 버려둘 수 있어요? 난 지하실로 돌아갈 거예요." 그리고 앞으로 걷기 시작했다.

나는 걷는 데에 익숙하지 않아 잠시 후 넘어졌다. 그러자 그는 나를 일으켜 세우고 양손으로 들어 올려 꼭 껴안았다. "네 말이 맞아, 엄마는 자기 딸을 지하실에 남겨 둘 수 없지. 자, 주지아를 찾으러 가자." "정말로요?" 나는 믿을 수가 없었다. "정말로." 나는 자루에 들어갔다. 우리는 다시 게토로 돌아갔다. 주지아를 데리고 나왔다. 나는 주지아를 아직까지 간직하고 있다. 주지아 없이는 살 수 없다. (우리 주지아 정말 예쁘죠?)

아저씨는 나를 어떤 집에 데려갔다. 어디인지는 알 수가 없다. 거기, 엄마가 팔에 붕대를 메고 있던 것을 기억한다. 그리고 유젝 삼촌도 있었다. 나는 유젝 삼촌을 몰랐다. 엄마가 유젝 삼촌이야, 하고 말했다. 거기에 얼마나 오래 있었는지 잘 모르겠다. 중요한 것은, 엄마가 아무 데도 나가지 않았다는 것이다.

그 집 벽에 아기 예수를 안고 있는 '쳉스토호바의 성모' 그림이 걸려 있었다. 나는 그게 우리 엄마가 날 안고 있는 그림이라 믿었다. "드레스가 진짜 예쁘다. 금으로 된 망토야."

그리고 아리아인 구역으로 이사한 것을 기억한다. 아빠가 나타났고, 나는 아빠를 무서워했다. 석탄 자국으로 더러웠고 좋은 외모가 아니었기 때문이다. "맙소사, 이렇게 많이 컸네." 이렇게 말하고 아빠가 나를 안으려고 했지만 나는 허락하지 않았다. 그리고는 독일인들이 아빠를 끌고 갔고, 고무 곤봉으로 한쪽 눈이 밖으로 튀어나올 때까지 엄마를 때렸다.

처음에 나는 침대에 앉아 있었다. 나는 아빠 때문에 독일인들이 엄마를 때린다는 걸 알았다. 아빠가 뭔가 나쁜 짓을 했고 유대인이니까. 그래서 엄마를 때린다고. 하지만 무슨 일인지는 알 수 없었다. 끔찍하게 때렸다. 엄마는 머리가 길었는데, 머리카락이 흩어지며 끈적한 피가 뭉쳐 있었다. 나도 잡으러 올까 봐 겁이 나기 시작했다. 나는 의자 뒤에 숨었다. 의자 등받이 사이로 밖을 보았다. 정말로 움직일 수가 없었다. 우리 아빠가 아니라고, 소리를 지르고 싶었지만 무서워서 목소리가 나오지 않았다. 나중에 엄마에게 이 이야기를 하자, 내가 아무 말도 안 한 게 천만다행이라고 했다.

나는 그 자리에 남아 있었고 어떻게 해야 할지 몰랐다. 방에서 풍기는 피 냄새는 지독했다. 어디로 숨어야 할지 몰라 벽장과 벽 사이로 들어갔다. 구석까지 비집고 들어가 거기서 잠이 들었다. 누군가 집으로 들어오는 소리를 듣고 잠이 깼다. 수위 아줌마였다. 아는 사람이었다. 엄마가 수위 아줌마의 창틀에 우리 집 열쇠를 올려놓았던 것이다. 저녁이었다. 수위 아줌마는 성호를 몇 번이나 긋고 나서 말했다. "하느님 맙소사, 이게 무슨 일인지. 아, 할리나 씨는 착한 사람인데 어떻게 이런 일이." 아리아인 구역에서 엄마의 이름은 할리나 코발칙이었다. 그 말을 듣자마자 나는 벽장 뒤에서 나왔다. 수위 아줌마는 나를 바라보고는 말했다. "아니, 우리 참새야가, 여기서 뭐 하니?" 나에게 몸을 굽히고는 말했다. "몸이 꽁꽁 얼었네." 그러고는 나를 자기 스카프로 감싸고 안아 주었다. 그리고 나를 데려가려고 했다. 나는 안 간다고, 엄마가 돌아올 거라고 했다. 수위 아줌마는 나를 바라보았다. "엄마가 와도 너를 어디서 찾아야 할지는 아실 거야."

수위 아줌마의 목소리는 작고 차분했다. 나는 아줌마가 엄마를 좋아하는 걸 알고 있었다. 나는 아줌마네로 갔다. 아줌마는 먹을 것도 주었다. 그릇에 수프를 떠 주었지만 삼킬 수가 없었다. "졸리니?" "네." "그럼 이리 와. 성모 마리아님과 예수님께 엄마가 돌아오게 해 달라고 기도하자." 나는 그 말이 마음에 들었다. 수위 아줌마가 무릎을 꿇자, 나도 따라 했다. 아줌마는 성호를 몇 번 그었고, 나도 따라 했다. 아줌마가 기도를 시작하자, 나도 따라 했다. 엄마가 기도하는 법을 가르쳐 주었고, 나에겐 예수님이 그려진 펜던트도 있었다. 나는 온 마음을 다해, 엄마가 돌아오게 해 달라고 기도했다. 누구에게 기도를 하는지, 어떤 신이 내 기도를 듣는지 전혀 알 수 없었다. 하지만 기도했다.

그 집에 며칠을 있었다. 그러고는 어떤 아줌마가 왔는데, 그 아줌마는 보자마자 싫었다. 키가 작고 까만 베레모를 눈까지 눌러쓰고 있었다. 수위 아줌마와 무슨 얘기를 속삭이더니, 새로 온 아줌마가 나를 데려가려 했다. 나는 그 아줌마와 가고 싶지 않았다. 수위 아줌마가 날 설득했다. 저 아줌마는 시골에 집이 있다고, 거위와 오리도 있다고 말했다. 난 오리를 보고 싶지 않았다. "난 여기서 우리 엄마를 기다릴 거예요." "하! 들으셨나요?" 새로 온 아줌마가 말했다. "자기 엄마를 기다린다고. 너희 엄마는 이미 죽었어. 독일인들이 너희 엄마를 죽인 거야. 기다릴 것도 없어."

나는 정말 그 아줌마와 갈 생각이 없어졌다. 절대로. 하지만 수위 아줌마가 나를 설득했다. "따라가, 조시엔카. 따라가. 내가 널 보러 갈게."

가는 길에 새로운 아줌마는 나에게 부웨치카 Bułeczka 흰 밀가루로 빚은 동그란 빵를 사 주었다. 부웨치카라는 걸 본 적이나 있었는지 모르겠다. 그러고는, "자, 아줌마가 사 준 빵 좀 봐, 버터 빵이야." 나는 몸을 돌리고 아줌마를 밀쳤고, 빵은 바닥에 떨어졌다. "하! 잘하는구나." 아줌마가 말했다. "잘했어. 요즘처럼 힘든 시기에 애 교육을 이렇게 시키다니. 그래서 너희 엄마가 독일인에게 죽은 거야. 사람들은 먹을 게 없는데 넌 버터 빵을 무시하다니. 도대체 어떻게 된 거니! 버릇이 하나도 없구나!" 그 말을 듣자마자 소리를 질렀다. "아줌마랑 안 가요! 아줌마는 나빠!" 아줌마는 내 얼굴을 때렸다. 한 번, 두 번, 세 번. 그리고 난 바로 잠들었다. 잠들어 길이 끝날 때까지 깨어나지 않았다.

깼을 때는 수레 위였다. 말 꼬리만 보였다. 지푸라기 냄새가 향기로웠다. 나는 도망칠 생각도 하지 않았다. 어딘지도 몰랐으니까. 아줌마가 말했다. "이제 집으로 가자. 얌전히 굴어, 이제 넌 내 딸이니까." "난 아줌마 딸이 아니에요, 절대 아줌마 딸은 안 할 거예요!" 아줌마는 아무 말도 하지 않았다.

도착해서 우리는 마당으로 들어갔다. 갑자기 커다란 개가 튀어나왔다. 나는 한 번도 바로 눈앞에서 개를 본 적이 없었다. 지하실 창문 너머로 독일인들이 큰 개를 데리고 다니는 것만 봤다. 개와 독일인은 나에게 똑같았다. 그런데 갑자기 거대한 셰퍼드가, 나만큼이나 큰 개가 나타난 것이다. 나는 겁에 질렸다. 너무 무서워서 발도 떼지 못하고 땅에 박힌 것처럼 서 있었다. 그런데 개가 다가와 내 냄새를 맡기 시작했다. 그러고는 나를 핥았다. 나에게 몸을 기대었는데, 문득 이 개와 친하게 지낼 수 있을 것 같은 생각이 들었다. 왜 그랬는지는 모르겠다. 나는 개를 껴안았고 개는 나를 핥았다.

개는 사슬에 묶여 있었는데, 쩔렁쩔렁 소리가 났다. 잠시 후 개가 내 치마를 물고 살짝 잡아당겨서 나는 개를 따라갔다. 작은 강아지를 만났다고 생각한 걸까? 마당에는 개집이 있었다. 개는 그 안으로 들어갔고 나는 개를 따라갔다. 우리는 함께 앉아 있었다. 나는 이렇게 좋은 집이 있다니, 하고 매우 만족했다.

아줌마는 나를 먹이려고 했지만 나는 아줌마에게 아무것도, 아무것도 받고 싶지 않았다. 뜨겁고 맛있는 냄새가 나는 닭 수프를 가져왔다. 하지만 나에겐 자존심이 있었다. 수프를 쏟아 버렸다. 수프가 땅에 스며드는 걸 무서워하며 보았다. 겁이 났다. 아줌마는 태어나서 이런 꼴은 처음 본다고 말했다. '태어나서'라는 말을 되풀이했다. 내가 거기에 얼마나 오래 있었는지는 모른다. 나는 단 한 번도 그 아줌마의 집에 들어가지 않았다. 나는 개와 함께 잤고 개는 발로 나를 안아 주었다.

나는 강아지와 함께 놀았다. 그렇게 이름을 붙였다. '강아지'. "사랑하는 강아지야," 나는 주지아에게 하듯이 말했다. "울지 마, 엄마는 돌아와." 주지아는 수위 아줌마 집에 남아 있었기 때문이다.

　어느 날, 사랑하는 강아지와 놀고 있을 때 엄마 목소리가 들렸다. 서서 귀를 기울였다. 그 아줌마 집 안에서 엄마 목소리가 들렸다. 부엌으로 뛰어가 들여다보니 식탁 앞에 누군가가 앉아 있었다. 붕대로 얼굴을 칭칭 감싸 얼굴이 보이지 않았고 이상한 원피스와 커다란 망토를 입고 있었다. 그 여자가 말했다. "아아, 나의 사랑하는 조시엔카." 나는 엄마 무릎에 앉아 내려오려고 하지 않았다. 엄마의 냄새를 맡고 나서야, 엄마와 전혀 닮지는 않았어도 우리 엄마라는 것을 깨달았다. 오른쪽 눈은 없었고 온몸에 상처가 난 채 붕대를 감고 있었다. 머리카락도 없었다. 나는 엄마를 알아보지 못했지만 우리 엄마 냄새가 맞았고, 우리 엄마처럼 말했다. 나를 데리고 가려고 했지만 나는 무릎에서 내려오려고 하지 않았다. 엄마는 같이 가자고, 이제 다시는 혼자 남겨 놓지 않겠다고. 오래 설명했다. 그제야 나는 그러자고 했다.

우리는 크라신스키Krasiński가 18번지, 리디기에로바 아줌마 집에 살았다. 엄마와 나와 주지아. 나는 계속 기침을 했다. 엄마는 유대인 위원회에 나탈리아 자이칙이 딸과 함께 살아남았다고 등록했다. 그리고 혹시나 독일인들이 안 죽였을까 싶어 남편인 우리 아빠를 찾았다.

이스라엘에는 나라가 생겼고, 야콥이라고 하는 사람이 바르샤바의 친척들을 알아보다 우리를 만났다. 야콥은 엄마에게 이스라엘로 가자고, 예루살렘에 여동생도 있지 않냐고 설득했다. 엄마는 "아, 내 동생은 심장병도 있고, 팔레스타인도 그렇게 사정이 좋진 않아요." 하고 말했다.

엄마는 침대에서 거의 움직일 수 없을 만큼 몸이 좋지 않았다. 한쪽 눈알은 독일인들에게 맞아 빠져 버렸다. 그 뒤 눈이 있던 자리에 암이 생겼다. 엄마는 나에게 계속 물었다. "사랑하는 나의 조시엔카, 엄마가 죽으면 어떤 아줌마 집에 가서 살래? 누구네 집에 갈래?" 나는 "난 아무 집도 안 가. 엄마가 죽지 않았으면 좋겠어." 하고 말했다. 그럼 엄마는, "나도 죽고 싶지 않아. 하지만 그건 나에게 달린 일이 아니란다." 나는 그 말을 이해할 수 없었다. 모든 것이 엄마에게 달렸는데.

야시엑, 야콥 페테르세일은 설명하고 설득하고 나중에는 허가증 같은 서류까지 다 준비해 주었다. 그러느라 꼬박 일 년을 고생했다. 예루살렘의 안지아 이모에게 전화해서 야콥은 이렇게 말했다. "당신 언니가 죽어 가고 있어요. 어린 딸이 혼자 폴란드에 남게 될 거예요. 유대인 고아가 또 생기는 거죠."

아무도 나를 원하지 않았다. 나도 아무도 원하지 않았고 단지 엄마가 건강해지기만, 엄마가 있기만을 바랐다. 하지만 신은 나에게 물어보지도 않았고, 엄마는 건강을 되찾지 못했다.

야시엑은 함께 이탈리아까지 가서 우리를 갈릴리호에 태웠다. 엄마가 누울 수 있도록, 그리고 내가 엄마와 함께 있을 수 있도록. 우리는 특실에 있었다. 그 배에는 바르샤바와 근교에서 온 다른 아이들도 타고 있었다. 모두 부모가 없는 아이들이었다. 아코디언을 연주하는 가이드가 아이들을 인솔하고 있었고 아이들에게 히브리어 노래와 춤을 가르쳤다.

아코디언 소리를 들으면 가슴이 뛰었다. 아, 얼마나 멋진 연주였는지. 그럴 때면 나는 엄마를 잠시 떠나 춤추는 아이들을 구경하러 갑판에 갔다. 눈을 뗄 수가 없었다. 하지만 곧 아래로 다시 뛰어 내려가 엄마가 어떤지 보곤 했다. 한번은 어떤 남자애가 내 손을 붙잡고 물었다. "왜 그렇게 아래위로 뛰어다녀? 이리 와, 우리랑 같이 춤추자." "안 돼." "왜 안 돼?" "엄마가 살아 있나 가서 봐야 해." 그때 나는 열한 살이었다. 그러자 그 남자애가 말했다. "뭐? 엄마가 살아 있나 본다고? 엄마는 죽었어. 엄마들은 아무도 안 살아 있어." "하지만 우리 엄만 살아 있어." "그럴 순 없어. 살아 있는 엄마는 없어, 없다고. 다른 애들한테 다 물어 봐. 살아 있는 엄마가 누가 있나."

엄마는 작은 골판지에 이렇게 써 주었다. '안나 지메르만. 의사. 멜리산드가 1번지. 전화 2805.' 그리고 내 목에 걸어 주었다. "조시엔카, 이걸 꼭 외워야 해. 그리고 절대로 널 고아원으로 데려가게 해서는 안 돼."

배는 하이파에 도착했고 안지아 이모가 기다리고 있었다. 엄마를 들것에 실어 택시에 태워야 했다. 그리고 우리는 예루살렘으로 갔다. 1950년 12월, 하누카 _{Chanuka 예루살렘 성전을 되찾은 역}사를 기념하는 유대교의 축일 즈음이었다. 눈은 오지 않았다.

안지아 이모는 큰 집에 살며, 병원 두 개를 가지고 있었다. 자기 병원과 두 번째 남편의 병원이었다. 치과 의사였다. 이모부 이름은 모셰 루리였다.

엄마는 거실 침대에 누워 있었다. 엄마가 뭔가 중요한 말을 하려는 듯 나를 부른 것을 기억한다. 엄마는 내 손을 잡았다… 그리고 갑자기 고개를 돌렸다.

이모의 조수인 미리암이 들어와 비명을 질렀다. "헤 메타! מתה היא 히브리어로 '그녀는 죽었어'" 나는 아직 히브리어를 몰랐지만 무슨 말인지는 알았다. 미리암은 죽은 사람이 아이의 손을 잡고 있는 것이 끔찍하다고 생각한 것이다. 난 소리를 지르기 시작했다. "아니야, 아니야, 로 메타, 로 메타." '로 לא 히브리어의 부정어'라는 말은 그때도 이미 알았다.

안지아 이모가 달려왔다. 그리고 폴란드어로 말했다. "엄마는 죽었어."

나는 발로 차고 쿵쿵거리며 있는 힘껏 소리를 질렀다. "아니야, 아니야, 엄마는 살아 있어. 엄마는 살아 있어!" 모셰 이모부가 나타났다. 이모부는 나를 꽉 잡더니 꼭 끌어안았다. 나는 몸을 빼려고 했지만 이모부가 힘이 더 셌다. 이모부는 아우슈비츠에 있었고 팔에는 번호가 새 겨져 있었다. 하지만 난 그게 뭔지 몰랐다. 수용소에 간 적은 없었으니까. 나는 그냥 이모부 가 잊지 않으려고 무슨 숫자를 써 놓은 줄 알았다. 팔의 숫자를 보고, 나는 이모부의 팔을 꽉 물었다. 피가 뚝뚝 떨어졌다. 미리암과 안지아 이모가 붕대와 요오드와 이것저것을 찾으러 뛰 어다녔다. 하지만 이모부는 폴란드어로 이렇게 말할 뿐이었다. "괜찮아, 괜찮아." "나도 알아, 나도 알아." 이모부는 되풀이해서 말했다. "나도 물고 싶었어… 아내가 있었어, 세 아들도. 하 지만 이제 아무도 없어." 그렇게 말했다. 그리고 내가 조용해질 때까지 나를 꼭 껴안고 있었다.

장례의 형제들유대인 공동체 안에서 장례를 지내는 걸 돕는 일종의 장례위원회이 왔다. 아주 독실한, 곱슬머리를 하고 검은 옷을 입은 사람들이었다. 나는 그들이 엄마를 데려가는 것을 보았다. 나는 침대 아래로 들어가 이틀 동안 나오지 않았다.

엄마는 신에게 매우 유감이었다. 여기에 왔을 때, 엄마는 이미 끝이 가까이 왔다는 걸 알고 있었다. 신에게 매우 화를 냈다. 안지아 이모에게 되풀이해 말했다. "알았지? 내 장례식은 절대 종교 의식으로 하지 마." 하지만 이곳에서는 다른 방도가 없었다. 카디슈Kadisz 유대교의 단체 기도. 죽은 이들을 위한 기도로 불리기도 함만 하지 않았다. 그렇게 되었다.

삶이 흘러갔다. 나는 자랐다. 키부츠에도 있었고 군대에도 갔다. 그리고 제대한 뒤에도 여러 가지 일이 있었다. 남편, 아이들, 병, 기쁜 일들, 금발의 손자들. 나는 살아오면서 죽 엄마가 당신이 원했던 방식으로 묻히지 못했다고 생각했다.

오랫동안 어떻게 할 수 없었지만 결국은 해냈다. 얼마 전, 이렇게 많은 세월이 지나고 엄마를, 뼈만 골라내어 예루살렘에서 크파르 사비Kfar Sawy로 이장했다. 그리고 기도가 없는 예식을 했다.

엄마가 불렀던 노래를 단 하나 기억하고 있다.

"아아, 그 길은 안개 속에 잠겨 있네…. 또다시 추위와 걱정이, 그리고 초원의 덤불이…."

(이 노래를 알고 있나요? 정말 아름다운 노래죠?) 우리 엄마가 불렀던 노래… 그리고 지금은 우리가 엄마에게. 폴란드어로. 무덤 위에서 그 노래를 불러 드렸다.

엄마가 원했던 대로 해 드린 뒤에야 나는 겨우 마음이 편해졌다.

예루살렘에 있는 조시아의 침실에는 엄마의 작은 사진이 놓여 있다. 액자 뒤에는 검은 잉크로 '1942년 8월 20일'이라고 쓰여 있다. 게토에서 도망친 지 5일째 되던 날이었다.

조시아는 80세이다. 여전히 엄마와 이야기한다. 모든 이야기를. 그리고 엄마의 대답을 듣는다.

주지아는 야드 바셈 박물관 Muzeum Yad Vashem에서 살고 있다.

부치는 말

아주 옛날부터 조시아를 알았다. 조시아가 폴란드에 처음, 아니 어쩌면 두 번째로 방문했던, 아마 1990년대 중반. 나는 그때 나를 유대 문화의 세계로 인도했던 아이작 바셰비스 싱어*의 일생을 증언해 줄 사람을 찾는 것은 그만둔 상태였다. 그리고 수용소의 아이들, 고아원과 수도원, 길거리에서 자란 아이들의 일생을 추적하고 있었다. 나는 그들의 두려움과 맞서야 했다.

드라마 같은 이야기도 여럿 들었다. 가라앉는 마음과 절망하는 심정으로. 바르샤바 게토에서 아홉 살 소녀로 살았던 우리 엄마의 경험담이 그 이야기의 빈자리를 채우기도 했다.

그 이야기들 중에서도 조시아의 이야기는 특별했다. 이야기의 주인공이 1939년 5월에 태어나 생생하게 자신의 경험을 기억하고 있기 때문만은 아니었다. 무엇보다도 특별한 것은 그 경험을 이야기하는 방식이었다. 어린이 특유의 순진함과 감수성으로 이야기하는 잔인하기 짝이 없는 경험담은 내 마음속에 깊이 남았다.

기억의 밑바닥 깊숙이 나는 이 이야기를 묻어 두었다.

몇 년이 지난 뒤 열어 보니, 기억은 더 강력해졌다. 그것은 또한 『두려움의 가족사 Rodzinna historia lęku』(2005)* 때문이기도 했다.

그제야 나는 우리의 운명이 얼마나 가까웠는지 알게 된 것이다. 조시아는 우리 엄마, 할린카의 동생일 수도 있었다. 그들의 엄마였던 나탈리아 자이칙과 아델라 골드스타인은 게토에서 선생님으로 일했고 그 뒤에는 아리아인이 살던 바르샤바 구역에 숨어 살며 외동딸의 목숨을 구하는 데 최선을 다했다. 그들은 거리에서, 마당에서, 병원에서 만났을지도 모른다. 두 엄마는 모두 티푸스에 걸렸기 때문이다. 어쩌면 서로 얼굴은 아는 사이였을 수도 있다.

우리 할머니인 아델라는 1940년까지는 크라신스키가 18번지에 살았다. 조시아의 엄마도 전쟁 후에 같은 주소를 말하고 있다. 두 가족을 도운 것은 졸리보시Żoliborz에 살았던 폴란드 사회당 당원들이다. 두 엄마는 모두 리디기에로바 아줌마라는 착한 이웃을 두었고, 리디기에로바 아줌마는 이들을 도왔다.

아델라 할머니는 1944년 오트보츠크에서 돌아가셨다. 나탈리아는 1950년 딸을 이스라엘에 데려다주는 데 성공했다. 그리고 몇 주 뒤에 죽었다.

거울 속의 상과 같은 이 이야기를 다시 들여다본다. 사랑과 희망에 대한 이야기. 말의 힘에 대해 믿게 하는 이야기.

아가타 투신스카

아이작 바셰비스 싱어 노벨문학상 수상자인 유대인 작가. 폴란드 출생이지만 평생 독일어와 히브리어를 섞은 유대인들의 언어인 이디시어로 작품을 집필했다.

『두려움의 가족사』 아가타 투신스카가 쓴 자서전적 회고록.